Du CE2
au CM1

Les Légendaires

Petites énigmes extraordinaires

Activités conçues par
Aurore Meyer

LAROUSSE

Direction de la publication : Carine Girac-Marinier

Direction éditoriale : Julie Pelpel-Moulian

Édition : Célia Reynaud et Olympe Richez

Correction : Audrey Peuportier

Direction artistique : Uli Meindl

Mise en pages : SKGD-Création

Fabrication : Ombeline Canaud

Illustrations : ***Les Légendaires***, volumes 1 à 23, de **Patrick Sobral**
© Shutterstock.com

ISBN : 978-2-03-600373-6

Achevé d'imprimer en Espagne par EGEDSA.

Dépôt légal : février 2021 - 327641/01

N° de projet : 11046080 - avril 2021

LES LÉGENDAIRES

INTRÉPIDES, ILS ÉTAIENT LES CINQ JUSTICIERS LÉGENDAIRES, PROTECTEURS DU MONDE D'ALYSIA. RIEN NE POUVAIT LES ARRÊTER ! SANS RELÂCHE, ILS COMBATTAIENT LE SORCIER NOIR DARKHELL ET CONTRECARRAIENT SES PLANS VISANT À S'EMPARER DU MONDE.

MALHEUREUSEMENT, PENDANT LEUR DERNIER AFFRONTEMENT CONTRE LE SORCIER, LES LÉGENDAIRES ONT FAIT UNE ERREUR, ET LA PIERRE DE JOVÉNIA A ÉTÉ BRISÉE ! TOUS LES HABITANTS DU MONDE D'ALYSIA SONT REDEVENUS DES ENFANTS.

DEVENUS DES PARIAS, LES LÉGENDAIRES SE SONT SÉPARÉS. MAIS DANAËL, LEUR CHEF, A ENTENDU PARLER D'UN MOYEN DE RAMENER L'ÉQUILIBRE… LES LÉGENDAIRES VONT DEVOIR REFORMER LEUR ÉQUIPE POUR SE FAIRE PARDONNER. PAS FACILE QUAND ON NE MESURE QU'UN MÈTRE TRENTE !

MAIS DANAËL, JADINA, RAZZIA, SHIMY ET GRYF ONT PLUS D'UN TOUR DANS LEUR SAC !

CAR, APRÈS TOUT, HÉROS UN JOUR…

Sommaire

Sommaire par compétence

MATHÉMATIQUES

FRANÇAIS

Les Légendaires

DANAËL EST LE LEADER DES LÉGENDAIRES. D'UNE GRANDE NOBLESSE D'ESPRIT, CE CHEVALIER DU ROYAUME S'EST FIXÉ POUR BUT DE COMBATTRE L'INJUSTICE PARTOUT DANS LE MONDE D'ALYSIA.

Danaël

GRYF EST LE MEILLEUR AMI DE DANAËL ET LE PLUS COURAGEUX DES LÉGENDAIRES. MAIS SON COURAGE S'ACCOMPAGNE D'UN CARACTÈRE IMPULSIF QUI LUI ATTIRE SOUVENT DES ENNUIS.

Gryf

JADINA EST PRINCESSE ET MAGICIENNE. C'EST UNE ENFANT GÂTÉE PARFOIS INSUPPORTABLE, MAIS D'UNE GRANDE INTELLIGENCE ET D'UN GRAND COEUR.

Jadina

Razzia

RAZZIA EST LE PLUS FORT DES LÉGENDAIRES. SA JOVIALITÉ LUI PERMET DE SURMONTER SES COMPLEXES ET IL RÉPOND TOUJOURS PRÉSENT LORSQUE SES AMIS ONT BESOIN DE LUI.

SHIMY EST UNE ELFE ÉLÉMENTAIRE, ELLE PEUT FUSIONNER AVEC LE FEU, L'EAU ET LA TERRE, D'OÙ ELLE TIRE SES POUVOIRS. ELLE MONTRE TRÈS PEU SES SENTIMENTS.

Shimy

L'amnésie de Danaël

L'amnésie de Danaël

Danaël se retrouve comme assommé, au beau milieu d'une grotte sombre et humide. Mais qu'a-t-il bien pu se passer ? Il reprend peu à peu ses esprits, ses joues redeviennent roses. Impossible de se souvenir de ce qui lui est arrivé. Il se frotte la tête et sent comme une grosse bosse. Il va devoir constater les dégâts en sortant au plus vite de cet endroit peu accueillant.

BIEN QUE VAILLANT, DANS SON ÉTAT, DANAËL VA SÛREMENT AVOIR BESOIN DE TON AIDE. SUIS-LE ET TENTE DE RÉSOUDRE LE MYSTÈRE… TU SERAS COMME SON PETIT ANGE GARDIEN !

Le labyrinthe

ÉNIGME 1

Pour commencer, Danaël doit absolument sortir de cet endroit effrayant. S'il reste une minute de plus, il pourrait lui arriver malheur !

Aide Danaël à sortir du labyrinthe en résolvant la soustraction à chaque croisement.

1 356
− 232
1124

422
− 301
121

987
− 321
666

4 753
− 2 722
2031

Écris le premier résultat en lettres.

Indice 1 : mille - cent - vingt - quatre

Les énigmes

ÉNIGME 1

Ouf ! Danaël se retrouve enfin à l'air libre. Il se gratte la tête et semble avoir des visions. Oh, oh, Élysio, le sorcier noir qui se trouve juste devant lui est tout sauf imaginaire ! On dirait qu'il a envie de s'amuser un peu avec Danaël, qui n'est pourtant pas en état.

Réponds à l'énigme posée par Élysio pour qu'il vous laisse passer.

Complète avec le mot manquant.

Indice 2 : 1 000 grammes = 1 kilos______.

Les invariables

ÉNIGME 1

Bravo, Élysio a décidé de vous laisser passer ! Mais avant de continuer sa mission, Danaël aimerait bien remettre la main sur son épée magique. Normalement, son épée revient à lui où qu'il se trouve mais là, cela ne fonctionne pas.

Barre tous les mots invariables. Le mot qui reste est l'endroit où Danaël doit se rendre pour retrouver son épée.

BIEN	TOUJOURS
COMMENT	DÉJÀ
DEMAIN	VRAIMENT
JAMAIS	SOUDAIN
DESSOUS	MAL

PARFOIS	DEHORS	DESSUS
DEVANT	CAVE	SOUVENT
AUJOURD'HUI	OUI	ENSUITE
DEPUIS	COMBIEN	NON
PLUSIEURS	VITE	HIER

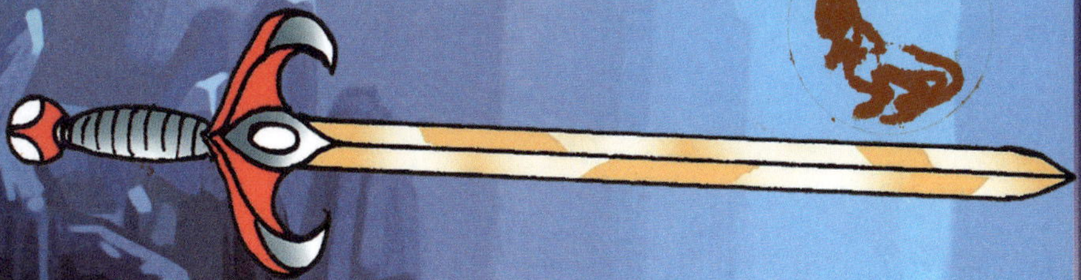

Où Danaël doit-il se rendre ?

Indice 3 : Cave.

Le message

ÉNIGME 1

Eh oui, Danaël se met à courir à toute vitesse en direction de la cave ! Il ne va pas tarder à remettre la main sur son épée d'or. Cette épée, forgée par les Elfes à partir de son propre sang, est très importante pour lui. Il aperçoit un coffre sur lequel est inscrit un message.

Replace les accents aigus, graves et circonflexes aux bons endroits pour mieux lire le message.

CHER CHEVALIER DE LARBOS,
TU AS REUSSI À RETROUVER TON
EPEE MAGIQUE ! JE TE FELICITE,
MAIS TU VAS DEVOIR TROUVER UN
MOYEN D'OUVRIR CETTE BOÎTE. JE
TE DONNE UN INDICE : SI TON
CŒUR EST TRES PUR, SI TU PENSES
À L'ETRE AIME, SI TU PARVIENS
À ETRE BIEN CONCENTRE, ALORS
LA BOÎTE S'OUVRIRA ET TON BIEN
PRECIEUX SERA DE NOUVEAU À TOI.
BIEN JOUE !

Combien d'accents as-tu ajoutés ?
Écris ce nombre en lettres.

Indice 4 : treize.

Le bon ordre

ÉNIGME 1

Danaël se souvient des dernières paroles de la personne qui l'a assommé. Cet homme disait : « C'est pour te protéger petit, c'est toujours pour te protéger. En tant que Faucon d'Argent, membre de cette armée d'élite, je devais réussir ma mission de sauvetage. Toi aussi, avant d'être un Légendaire, tu étais un Faucon d'Argent, tu dois me comprendre un peu. »

Suis les lignes pour mettre les lettres de ce mot au bon endroit et permettre à Danaël de retrouver ses esprits.

Quel est le mot-mystère ?
Indice 5 : MALE.

La personne-mystère

ÉNIGME 1

Ouf, grâce à toi, Danaël est sain et sauf !
Tu sembles être digne de faire partie des Légendaires !

Complète les indices sur le tableau pour découvrir qui est le coupable. Danaël a déjà pardonné à cette personne-mystère car il sait, au fond de lui, que ce qui lui est arrivé était pour son bien.

Indice	Consigne	Lettre
Indice 1	11E LETTRE DE L'INDICE	i
Indice 2	1RE LETTRE DE L'INDICE	h
Indice 3	2E LETTRE DE L'INDICE	A
Indice 4	DERNIÈRE LETTRE DE L'INDICE	E
Indice 5	3E LETTRE DE L'INDICE	L

LE COUPABLE EST : [illegible].

Merci pour ton aide. Cependant tes aventures ne font que commencer !

Jadina à la recherche de la Temporhell

Jadina à la recherche de la Temporhell

La Temporhell est complètement déréglée ! Quand elle est aux mains d'une personne malintentionnée, cette machine temporelle peut faire des ravages. Conçue par le Sorcier Noir, Darkhell, la machine permet d'envoyer quelqu'un dans le futur… ou dans le passé. Quel Légendaire pourrait résoudre ce problème ? La belle Jadina ! Elle devra mettre la main sur l'engin le plus vite possible et le désactiver à tout jamais.

JADINA EST POUR L'INSTANT TOUJOURS AVEC LES LÉGENDAIRES, MAIS ELLE DOIT PARTIR SEULE POUR REMPLIR CETTE MISSION…

La dispute

ÉNIGME 2

Avant de partir, Shimy met son grain de sel...
Comme d'habitude, elle se dispute avec Jadina et chaque fois que l'une dit quelque chose, l'autre dit le contraire.

Complète le tableau en utilisant des phrases affirmatives ou négatives.

PHRASES NÉGATIVES	PHRASES AFFIRMATIVES
JE N'AIME PAS UTILISER MES POUVOIRS.	J'AIME UTILISER MES POUVOIRS.
ON N'A PAS LE DROIT DE RÊVER.	On A le droit de rêver
TU NE GAGNES JAMAIS.	Je gagne tout le temps.
Tu n'est pas la plus forte	TU ES LA PLUS FORTE.
Tu ne m'amuses pas avec tes idée	TU M'AMUSES AVEC TES IDÉES.

Combien y a-t-il de phrases négatives dans ce tableau ?
Indice 1 : 5.

Les monstres

ÉNIGME 2

Jadina peut enfin prendre la route tranquillement.
Elle se dirige vers la contrée de Klafooty et en chemin, elle rencontre des monstres. Chacun porte un numéro mais seul l'un d'eux, le plus lourd, peut décider de la laisser passer sans lui faire de mal.

Suis les indices et aide Jadina à trouver le bon monstre.

14 279 — 1 330 — 8 908

13 270 — 2 309 — 11 230

13 288 — 16 237

202 891 — 15 270

13 239

- LE NUMÉRO À TROUVER EST UN NOMBRE À PLUS DE 4 CHIFFRES.
- IL NE CONTIENT PAS DEUX FOIS LE MÊME CHIFFRE.
- LE CHIFFRE DES UNITÉS N'EST NI 7 NI 9.
- LE NOMBRE EST SUPÉRIEUR À 12 786.
- LE CHIFFRE DES UNITÉS DE MILLE N'EST NI 4 NI 5.
- LE CHIFFRE DES DIZAINES N'EST PAS UN 8.

Quel numéro porte le monstre qui va laisser passer Jadina ?
Indice 2 : 13270.

Les formes

ÉNIGME 2

Ce monstre est complètement obtus ! Il fait tomber des rochers de toutes les formes sur la route que doit emprunter Jadina. Elle a repéré un passage praticable grâce à des rochers en forme de triangles rectangles.

Aide Jadina à trier les formes en entourant les triangles rectangles pour trouver le bon chemin. Aide-toi de ton équerre.

Combien comptes-tu de triangles rectangles ?
Indice 3 : 3.

La copie

ÉNIGME 2

Jadina s'est échappée et a enfin atteint la Temporhell ! Prise d'un doute sur son fonctionnement, Jadilyna intervient pour venir en aide à Jadina…

Aide Jadina à construire les symétriques de ces objets créés par la Temporhell.

Comment s'appelle la ligne rouge qui sépare les figures ?
Indice 4 : l'axe de symétrie.

Le bon temps

ÉNIGME 2

La Temporhell délivre plein de phrases que Jadina doit tenter de comprendre. Elle touche du doigt son objectif !

Barre toutes les phrases qui ne sont pas écrites au futur.

- ~~ARRÊTE-TOI ICI !~~
- TU N'IRAS NULLE PART.
- ~~TU AS ÉCHOUÉ DANS TA MISSION.~~
- NOUS DÉVOILERONS NOTRE SECRET UNE PROCHAINE FOIS.
- ~~TOUT EST BIEN QUI FINIT BIEN.~~
- VOUS VERREZ LA FIN BIENTÔT.
- ~~TU FAIS APPARAÎTRE TON ÉCLAIR MAGIQUE.~~
- ~~JE SUIS DÉRÉGLÉ.~~
- TU NE ME DÉTRUIRAS PAS !
- TU AS VOULU ME DÉSACTIVER !

Combien comptes-tu de phrases au futur ?
Indice 5 : 4.

Le code de désactivation

ÉNIGME 2

Félicitations, tu es resté(e) au côté de l'ancienne princesse d'Orchidia pour l'aider dans sa mission.

Mais avant de crier victoire, il te faut réunir tes indices et tu n'as pas le droit à l'erreur ! Tu connaîtras alors le code de désactivation de cette machine infernale !

Indice 1

L'INDICE

5

Indice 2

LE CHIFFRE DES DIZAINES DE L'INDICE

7

Indice 3

L'INDICE

3

Indice 4

QUAND TU RÉCITES L'ALPHABET, LA POSITION DE LA 1RE LETTRE DE L'INDICE

1

Indice 5

LA MOITIÉ DE L'INDICE

2

LE CODE DE DÉSACTIVATION EST : 5 7 3 1 2

Merci pour ton aide. Cependant tes aventures ne sont pas terminées !

Gryf
et le talisman désactivé

Gryf
et le talisman désactivé

Gryf vient de subir un maléfice ! Il risque à tout moment de contracter le chakounia, la maladie génétique de son espèce, les Jaguarians. Dès qu'un Jaguarian se trouve proche de quelqu'un d'autre, ses yeux deviennent tout rouges, sa force est décuplée, il ne se souvient plus de rien et devient une bête sauvage assoiffée de sang.

NORMALEMENT, GRYF EST IMMUNISÉ GRÂCE À SON KATSEYE, UN TALISMAN JAUNE QUI PROTÈGE DES CRISES DE CHAKOUNIA. MAIS SON KATSEYE NE SEMBLE PLUS FONCTIONNER. POUR LE RÉACTIVER, QUE DOIT-IL FAIRE ? TU LE SAURAS EN TOURNANT CES PAGES...

La lettre

ÉNIGME 3

Une seule personne pourrait aider Gryf, si seulement elle est disposée à le faire… Mais où la trouver et qui est-ce ?

Réécris cette lettre en remplaçant chaque mot ou morceau de mot en rouge par son contraire et Gryf saura où trouver de l'aide.

(GRAND) ...petit... GRYF, DEPUIS (LA FIN) ...le début..., LES DIEUX VEULENT TESTER TES CAPACITÉS. SI TU VEUX RÉCUPÉRER TON TALISMAN PROTECTEUR POUR (JAMAIS) ...toujours..., TU DOIS TE RENDRE PAR TES (SALES) ...propres... MOYENS AU CHÂTEAU DU GARDIEN, L'ÊTRE DIVIN QUI VEILLE (SOUS) ...sur... LES PIERRES DES DIEUX. LÀ-(HAUT) ...bas..., À KLASHINGA, IL TE DIRA QUOI FAIRE ET COMMENT (ENTRER) ...sortir... DE CET (PARADIS) ...enfer... ! EN CHEMIN, TU RENCONTRERAS DES OBSTACLES QUE TU DEVRAS SUR(DESCENDRE) ...monter... (SANS) ...avec... BRIO ! (RECULE LENTEMENT) ...avance rapidement..., AVANT LA (JOUR) ...nuit... (MAUVAIS LÂCHETÉ) ...Bon courage... .

Combien comptes-tu de phrases dans cette lettre ?
Indice 1 : 6 .

Le bon bagage

Gryf n'a plus une minute à perdre et se met en route. Mais avant de partir, il a besoin de son girawa comme monture pour transporter ses bagages lors du voyage.

Relie chaque bagage à l'étiquette qui lui correspond.

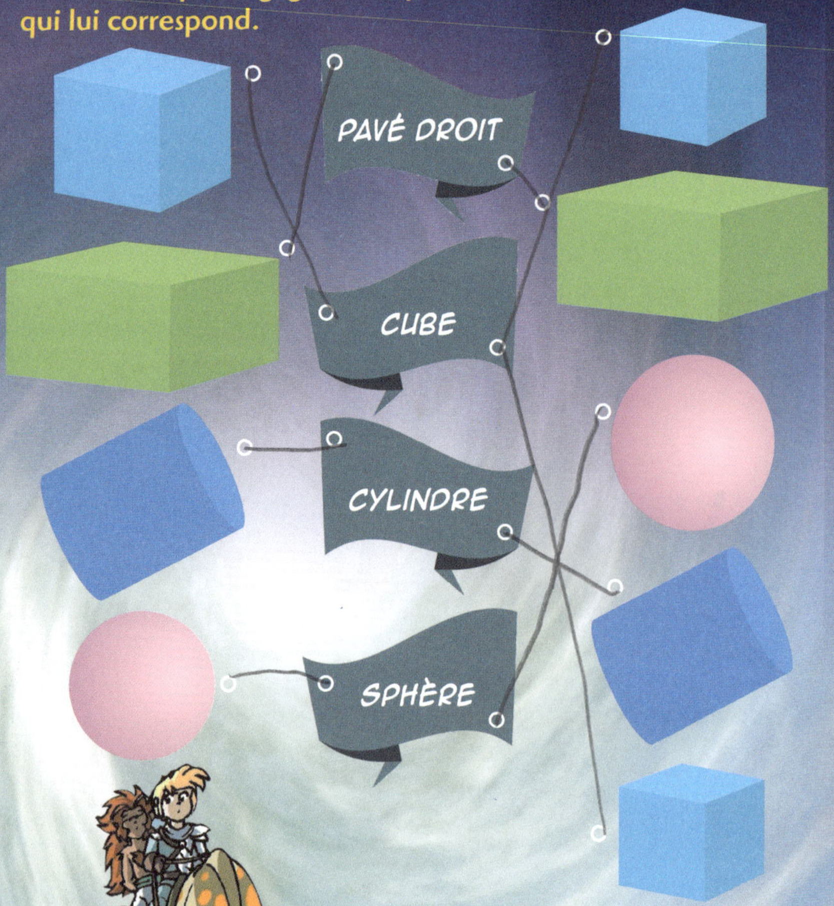

Combien de cubes comptes-tu ?
Indice 2 : 3.

Le souterrain

ÉNIGME 3

Quelle horreur ! D'horribles créatures, les Zar-Ikos, sont aux trousses de Gryf ! Il a le choix d'emprunter plusieurs galeries souterraines pour tenter de s'enfuir, mais il devra trouver la bonne.

Convertis toutes les mesures en mètres pour savoir quelle est la galerie la plus longue. C'est celle que doit emprunter Gryf.

1 — 20 000 cm

2 — 8 900 cm

3 — 6 300 cm

4 — 23 300 cm

5 — 6 900 cm

6 — 12 600 cm

1 : [20] m

2 : [89] m

3 : [63] m

4 : [233] m

5 : [69] m

6 : [126] m

Quelle galerie doit emprunter Gryf ?
Indice 3 : [4].

L'intrus

ÉNIGME 3

Même en empruntant la galerie la plus longue, Gryf a du mal à se débarrasser de ces sales bêtes. Il s'enduit de bulles de mucus visqueux pour que les Zar-Ikos ne le sentent pas et ne puissent pas le retrouver.

Relie les bulles de mucus contenant des mots de la même famille. Barre les intrus.

Combien y a-t-il de familles de mots ?
Indice 4 : 5 .

Le Gardien

ÉNIGME 3

Il ne reste plus beaucoup de temps à Gryf pour parvenir en haut du château du Gardien et réactiver le talisman dans sa machine infernale !

Calcule l'heure à laquelle Gryf arrivera devant le Gardien en fonction de son heure de départ et du temps qu'il met.

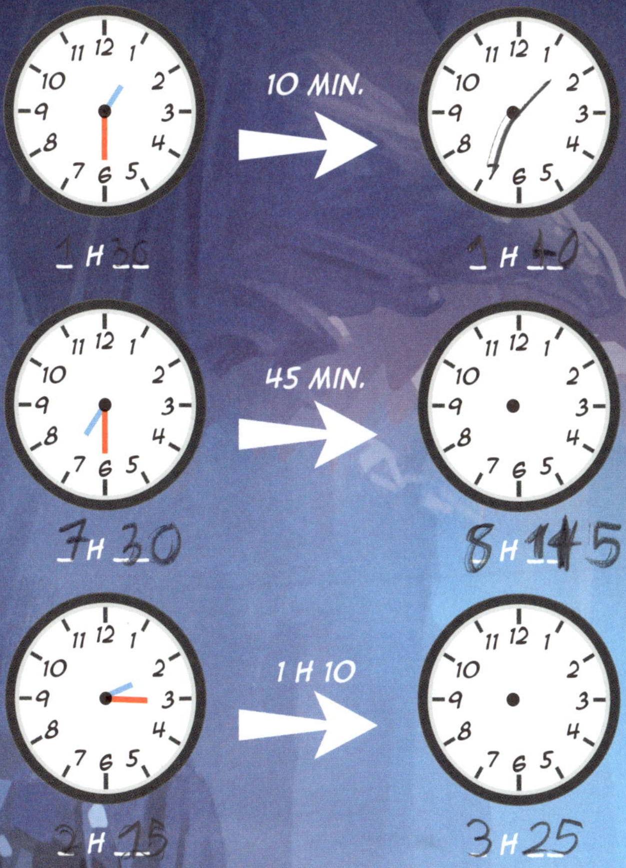

S'il est 8 H 15 du soir,
comment l'écrit-on ?
Indice 5 : 20 H 15.

Le code de réactivation

ÉNIGME 3

En tant que créature des dieux, le Gardien est doté d'immenses pouvoirs. Il est capable de téléporter des objets et de donner des pouvoirs à quelqu'un. Il autorise Gryf à utiliser une seule fois la machine lui permettant de réactiver le talisman.

Reporte les indices dans le tableau pour réactiver le talisman.

Indice 1
LA MOITIÉ DE L'INDICE
3

Indice 2
LE TRIPLE DE L'INDICE
9

Indice 3
LE DOUBLE DE L'INDICE
8

Indice 4
L'INDICE MOINS DEUX
3

Indice 5
LE 1ER CHIFFRE DE L'INDICE
2

LE CODE DE RÉACTIVATION EST : 39832.

Ouf, cette fois, Gryf peut repartir sereinement vers d'autres aventures légendaires !

Shimy et la potion de guérison

Shimy et la potion de guérison

Même si elle peut paraître un peu froide et autoritaire, Shimy a le cœur tendre. Surtout quand il s'agit de son animal de compagnie, qui la suit depuis qu'ils sont enfants. Malheureusement, Lionfeu a l'air bien malade ces derniers temps... Shimy décide donc de partir en quête d'une potion de guérison pour remettre sur pattes son ami.

POURRA-T-ELLE PRÉPARER LA POTION QUI AIDERA LIONFEU À GUÉRIR ? ET SI TU L'AIDAIS UN PEU ?

Le bon mot

ÉNIGME 4

Shimy fait appel à son esprit d'analyse pour savoir quelle personne peut vraiment l'aider.

Remets les lettres dans le bon ordre grâce aux indices. La personne dont le mot associé commence par L pourra aider Shimy.

DÉESSE AUBE

D	A	L	I
Synonyme de moche			
L	A	i	D

DARKHELL

E	R	T	I	O	U	V
Synonyme d'automobile						
V	O	i	T	U	R	E

KALANDRE

T	O	N	T	E	N	C
Synonyme d'heureux						
C	O	N	T	E	N	T

GALATÉE

M	A	R	I	E
Synonyme d'adorer				
A	i	M	E	R

C'est ....Aube.... qui peut aider Shimy.

Quel est le mot caché ?

Indice 1 : LAiD.

Le mot caché

Énigme 4

Aube est la déesse de la création, elle a des pouvoirs fabuleux. Cela tombe bien, elle est de bonne humeur et paraît bien décidée à aider cette pauvre Shimy.

Entoure les verbes dans le parchemin et remplis la grille, puis récolte les lettres des cases jaunes de haut en bas.

1. ELLE COMMANDE TOUT.
2. ELLE PRÉCISERA LES ORDRES.
3. AUBE VEUT LE BIEN DE SHIMY.
4. LA PETITE SHIMY ET MOI SORTIONS RÉGULIÈREMENT.
5. TU TENTAIS LE TOUT POUR LE TOUT.
6. LES LÉGENDAIRES PARTENT EN MISSION.
7. ELLE INJECTAIT UN SÉRUM.
8. UN MONSTRE SORT DE SA TANIÈRE.
9. ILS PARVIENDRONT AU CHÂTEAU.

Quel mot apparaît dans les cases jaunes ?
C'est l'endroit où doit se rendre Shimy.
Indice 2 : ASTRiA.

Tic-tac

ÉNIGME 4

Shimy doit donc se rendre dans le monde elfique, mais elle est à Alysia. Pas de problème ! Elle va utiliser sa clé elfique pour voyager, mais il y a toujours un décalage horaire entre les deux mondes. Quand il fait jour dans l'un, il fait nuit dans l'autre ; et inversement.

Complète les heures comme sur le modèle.

ASTRIA	ALYSIA
8 H 12	20 H 12
7 H 39	19 H 39
22 H 28	10 H 28
17 H 52	5 H 52
1 H 22	13 H 22
3 H 16	15 H 16
11 H 12	23 H 12

Si, dans l'alphabet, A = 1, B = 2, etc.,
à quelle lettre correspond le nombre en jaune ?
Indice 3 : O.

La recette

ÉNIGME 4

Shimy est arrivée à Astria et a trouvé la potion de guérison grâce aux indications d'Aube. Malheureusement, le flacon est tombé et s'est brisé… Mais Aube avait pensé à tout. Elle lui avait laissé la recette.

Remplis les verres doseurs en coloriant le volume indiqué.

RECETTE

1 L DE POUSSIÈRES D'ÉTOILE
50 CL DE CŒUR LIQUIDE
2 L D'EAU PURE
75 CL DE JUS D'ESCARGOTS
1,5 L DE PIMENTS LIQUIDES

Quel ingrédient Shimy a-t-elle le plus utilisé ?

Indice 4 : l'EAU PURE.

Les poids

Juste avant de terminer sa mission, Shimy voudrait bien acheter un gâteau aux pistaches pour accompagner la boisson de Lionfeu. Elle fait un détour par Matasa, la ville portuaire de Rymar.

Observe bien les balances et trouve combien pèse un gâteau aux pistaches. Tu peux poser les calculs pour t'aider.

Complète avec le mot manquant.
Indice 5 : 1 tonne = 1 000 kilogrammes.

Le mot magique

ÉNIGME 4

Shimy verse une goutte de philtre de guérison dans la gamelle de Lionfeu, mais avant, elle doit dire un petit mot magique. Ainsi, comme par enchantement, Lionfeu reprendra du poil de la bête !

Complète les indices sur le tableau ci-dessous pour trouver le mot magique.

Indice 1

2E LETTRE DE L'INDICE

A

Indice 2

QUAND TU RÉCITES L'ALPHABET, LA 4E LETTRE APRÈS LA 5E LETTRE DE L'INDICE

M

Indice 3

L'INDICE

O

Indice 4

LA 3E LETTRE DE L'INDICE

U

Indice 5

LA 6E LETTRE DE L'INDICE

R

LE MOT MAGIQUE EST : amour.

Lionfeu et Shimy peuvent à nouveau continuer de vivre ensemble leurs aventures !

Razzia sur les traces de la fleur de Moon

Razzia sur les traces de la fleur de Moon

Jadina a de gros ennuis et seul le plus fort des Légendaires peut lui venir en aide aujourd'hui. Victime d'une malédiction inconnue, Jadina est terrassée par le mal.

RAZZIA DOIT LA SAUVER !
IL PASSE À L'ACTION ET DÉCOUVRE
UN LIVRE MYSTÉRIEUX.

Le présent

ÉNIGME 5

Rokamadoor, le grand prophète, est connu pour avoir des dons de divination. Il y a trois mille ans, il a rédigé l'*Alystory*, le livre relatant les plus grands événements à venir d'Alysia. Razzia y découvrira peut-être une indication sur la marche à suivre pour trouver cette fameuse fleur de Moon !

Remets ces prédictions au présent pour y voir plus clair, puis récolte les lettres en jaune pour connaître le mot-mystère.

QUAND LE MONDE SERA MIS À MAL,
EST
JE TE DIRAI QUOI FAIRE.
DIT
TU DEVRAS TE DIRIGER VERS
doit
LE DÔME. EN CHEMIN, TU RENCONTRERAS
rencontres
DES OBSTACLES, MAIS TU SAURAS FAIRE
sait
PREUVE DE COURAGE. TU POURRAS
PEUT
T'AIDER DE TON SABRE,
TU L'UTILISERAS À MERVEILLE.
UTILISES
CETTE HISTOIRE SE TERMINERA BIEN.
TERMINE
TU ADMINISTRERAS LA POTION ET LE
administres
MONDE RECOMMENCERA À TOURNER !
RECOMMENCE

Quel est le mot-mystère ?
Indice 1 : DÔME.

Les chemins

ÉNIGME 5

Razzia a compris ! Rokamadoor parle d'un dôme.
Un dôme… ça doit être l'Arbre de Gaméra ! Quel chemin sera le plus court ?

Pour savoir quel chemin est le plus court, trouve celui dont le total ne fait pas 13.

Écris en lettres le nombre intrus que tu as trouvé.
Indice 2 : ONZE.

Message codé

ÉNIGME 5

Razzia se précipite dans la forêt d'Orchidia en empruntant un raccourci, ce qui va lui faire gagner beaucoup de temps. Il rencontre un Orchidien, mais il a du mal à se faire comprendre.

Remplace tous les « zzz » par la ou les bonne(s) lettre(s) pour aider Razzia à se faire comprendre.

BONZZZOUR, ZZZE SUIS UN ZZZENTIL GARZZZON. ZZZ'AI REZZZU UNE MIZZZION, MAIS ZZZ'AI DU MAL À BOUZZZER DANS LA BONNE DIRECZZZION. ZZZE ZZZAIS QUE L'ARBRE DE GAMÉRA RENFERME BEAUCOUP DE ZZZECRETS ET ZZZE ZZZUIS À ZZZA REZZZERZZZE. MERZZZI !

BONJOUR, je suis un gentil Garçon. J'ai du mal bauger dans la bonne direction. Je suis que l'arbre de Gaméra renferme de secret et je suis a sa recher che. Merci !

Complète avec le mot manquant.

Indice 3 : l'alphabet est constitué de voyelles et de COSONNESS.

Les multiplications

ÉNIGME 5

Razzia arrive près de l'Arbre de Gaméra. Il sort son Léviathan, un grand sabre à la lame épaisse et légèrement incurvée. Hop, d'un grand coup de sabre, il coupe un bouquet de fleurs de Moon ! Ouf !

Aide Razzia à ne prendre que la fleur dont le total est le plus grand. Colorie-la.

Additionne les chiffres du résultat le plus grand.
Écris ce résultat en lettres.
Indice 4 : quatorze

L'infinitif

ÉNIGME 5

La nuit est presque tombée et Razzia n'est toujours pas arrivé. L'état de Jadina empire de minute en minute. Or, il doit lui préparer l'infusion avant de la lui faire boire.

Lis la recette et trouve l'infinitif de chaque verbe.

TU DÉTACHES LES PÉTALES.
-> DÉTACHER

TU BROIES LA FLEUR.
-> broyer

TU VERSES UNE GOUTTE DANS DE L'EAU PURE.
-> verser

TU CROISES LES DOIGTS.
-> croiser

VOUS RESPIREZ TROIS GRANDS COUPS.
-> respirer

ELLE FINIT TOUT.
-> finir

VOUS CRIEZ ET RECOMMENCEZ SI BESOIN.
-> crier
ET -> recommencer

SI VOUS AVEZ DE LA CHANCE, NORMALEMENT, ELLE EST SAUVÉE !
-> avoir
ET -> être

Comment appelle-t-on les verbes être et avoir lorsqu'ils servent à former des temps composés ?
Indice 5 : des auxiliaires.

Le mot magique

ÉNIGME 5

Razzia arrive juste à temps, Jadina est endormie... Des larmes roulent sur ses joues rebondies. Grâce au breuvage, elle ouvre un œil, puis l'autre. Pour qu'elle se rétablisse complètement, il doit dire un dernier mot magique.

Complète les indices sur le tableau ci-dessous pour trouver le mot magique.

Indice 1
3E LETTRE DE L'INDICE
M

Indice 2
1RE LETTRE DE L'INDICE
O

Indice 3
3E LETTRE DE L'INDICE
N

Indice 4
1RE LETTRE DE L'INDICE
D

Indice 5
10E LETTRE DE L'INDICE
E

LE MOT MAGIQUE EST : MONDE.

Ouf ! Razzia a sauvé la vie de Jadina. Il lui a permis de retrouver tous ses pouvoirs pour poursuivre l'aventure !

Ténébris à la recherche de l'œil du dragon

Ténébris à la recherche de l'œil du dragon

Ancienne ennemie jurée des Légendaires, Ténébris est ravie de faire désormais partie de leurs folles aventures. Mais elle doit quand même prouver à ses amis sa bonne foi, sa loyauté et son courage. Ce n'est pas tous les jours facile et une nouvelle mission l'attend.

UN ŒIL DU DRAGON A ÉTÉ CACHÉ DANS UNE FORTERESSE IMPRENABLE. S'IL TOMBE ENTRE DE MAUVAISES MAINS, PAS DE DOUTE, LES CONSÉQUENCES SERONT TERRIBLES ! TÉNÉBRIS SE LANCE À SA RECHERCHE…

Le bon accord

ÉNIGME 6

Avant de commencer, Ténébris est-elle en tenue pour sa mission ? Elle a changé de style après avoir rejoint les Légendaires…

Complète les phrases en accordant l'adjectif avec le nom, comme sur l'exemple.

UN PULL VERT -> UNE COMBINAISON VERTE

UN HAUT VIOLET -> UNE CAPE violete

DES GANTS BLEUS -> DES CHEMISES bleus

UN LONG CORPS -> UNE longue CHEVELURE

DES TALONS HAUTS -> DES BOTTES hautes

DES PETITS PIEDS -> DES petites OREILLES

UN ŒIL PÉTILLANT -> UNE BOUCHE pétillante

Comment appelle-t-on l'association déterminant-nom-adjectif ?
Indice 1 : un groupe nominal.

Le message

ÉNIGME 6

Ténébris commence à fouiller la pièce pour essayer de retrouver l'œil du dragon… quand elle aperçoit un message inscrit sur le mur.

Aide Ténébris à déchiffrer le message en ajoutant la ponctuation manquante.

QUE VIENS-TU CHERCHER … DÉPÊCHE-TOI
DE TROUVER AVANT QUE QUELQU'UN D'AUTRE
NE TE DÉPASSE … POURQUOI VEUX-TU CET ŒIL …
JE SAIS QU'IL T'INTÉRESSE BEAUCOUP … TU N'ES
PAS LA SEULE À LE VOULOIR, MAIS
JE VEUX T'AIDER … ALORS SI TU OUVRES L'ŒIL,
DIRIGE-LE PLUTÔT VERS LE HAUT … ASSEZ …
JE TE LAISSE À PRÉSENT … BONNE RECHERCHE …

Combien de points d'interrogation as-tu ajoutés ?
Indice 2 : ___ .

Le mur

ÉNIGME 6

Ténébris suis les indices du message. Devant elle, se dressent trois murs différents. Heureusement, en plus de leurs lames rétractables, les bracelets de Ténébris sont aussi équipés d'un grappin. Voilà qui lui sera bien utile pour escalader !

Quel mur Ténébris va-t-elle choisir pour pouvoir se déplacer facilement ? Elle opte pour celui qui a le plus grand périmètre.

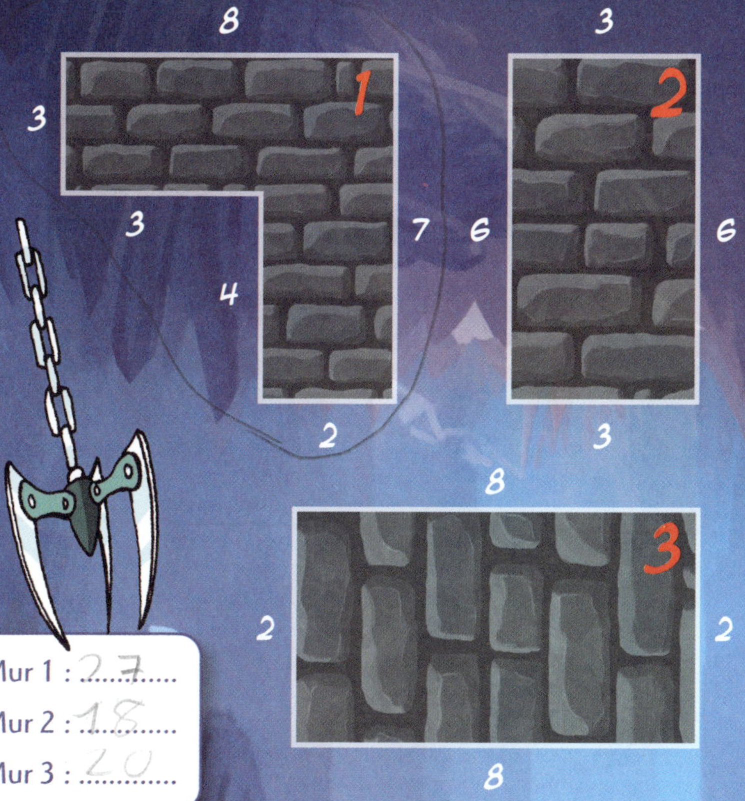

Mur 1 : 27

Mur 2 : 18

Mur 3 : 20

Ténébris va donc choisir le mur 1.
Quel est le périmètre du plus petit mur ?
Indice 3 : 18.

Le tunnel

ÉNIGME 6

Ténébris grimpe et arrive tout en haut de la forteresse, mais elle ne sait pas exactement par où elle doit passer. Plusieurs tunnels se présentent à elle.

Quel tunnel Ténébris va-t-elle emprunter ? C'est celui dont tous les verbes sont conjugués correctement. Barre les verbes qui ne sont pas corrects.

1er tunnel
JE
marche
comprends
cours
parlait
tracerai

2e tunnel
VOUS
parliez
chanterez
dites
êtes
avez dit

3e tunnel
ILS
ont vu
apprendrent
iront
jouaient
lancent

Ténébris va donc emprunter le tunnel _ .
À quel temps est cette phrase : « Ils ont vu. » ?
Indice 4 : au passé COMPOSÉ.

Face à l'ennemi

ÉNIGME 6

La Légendaire atteint son but ! Mais un ennemi est posté devant la cage de verre contenant l'œil du dragon. Une seule solution, Ténébris doit absorber toute l'énergie de son adversaire pour pouvoir accéder à l'œil en toute sécurité.

Calcule au fur et à mesure l'énergie absorbée par Ténébris. Pose les soustractions si nécessaire.

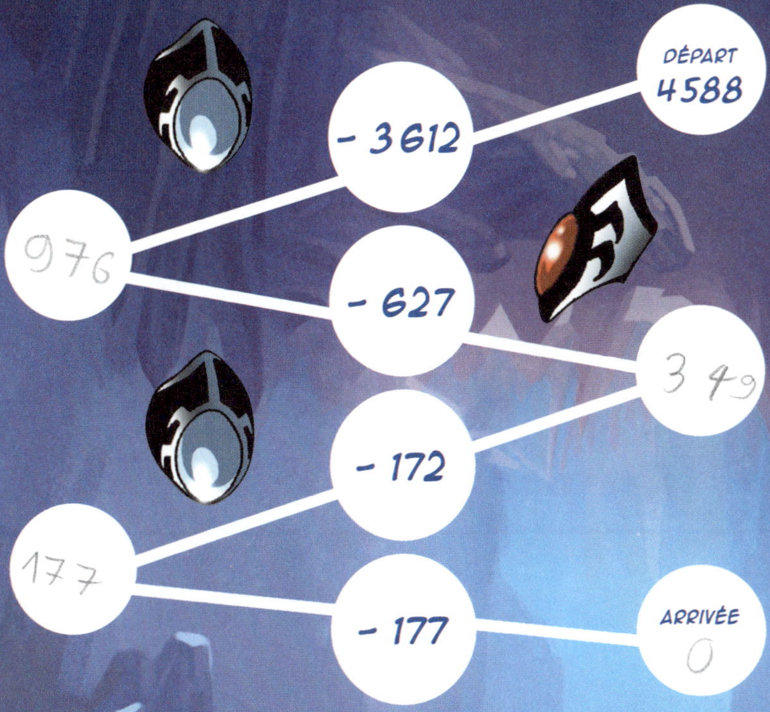

Combien reste-t-il d'énergie à l'ennemi à la fin ?
Indice 5 : 0 .

Le code

ÉNIGME 6

Félicitations ! Grâce à toi, Ténébris a réussi à récupérer l'œil du dragon. Il ne lui reste plus qu'à le sceller dans une cage renforcée. Mais avant de crier victoire, il te faut réunir tes indices...

Complète les indices et tu connaîtras le code pour enfermer l'œil du dragon !

Indice 1

QUAND TU RÉCITES L'ALPHABET, LA POSITION DE LA 4E LETTRE DU 2E MOT DE L'INDICE

9

Indice 2

LE DOUBLE DE L'INDICE

4

Indice 3

LE 2E CHIFFRE DE L'INDICE

8

Indice 4

QUAND TU RÉCITES L'ALPHABET, LA POSITION DE LA 2E LETTRE DE L'INDICE

1

Indice 5

L'INDICE

0

LE CODE EST : 9 4 8 1 0.

Merci pour ton aide. Il te reste une dernière aventure.

Les cinq pierres magiques

Les cinq pierres magiques

Danaël, Razzia, Gryf, Jadina et Shimy ont relevé l'un après l'autre leurs missions haut la main.
Les Légendaires ont besoin de toi une dernière fois.
Une carte dessinée par les anciens leur indique l'emplacement de cinq pierres magiques.

POUR ÉVITER QU'ELLES NE TOMBENT ENTRE LES GRIFFES DES FORCES DU MAL, ILS DEVRONT RÉSOUDRE CHACUN UNE ÉNIGME POUR EN RÉCUPÉRER UNE. À TOI DE LES AIDER...

La pierre bleue

ÉNIGME 7

Danaël est chargé de récupérer la pierre bleue.
Cette pierre est le symbole de l'honneur.

Aide Danaël à compléter la pyramide pour trouver le résultat au sommet. Si Danaël y parvient, il obtiendra la pierre bleue.

		77		
	43		34	
21		22		12
8	13		9	3
2	6	7	2	1

La pierre orange

ÉNIGME 7

Razzia doit s'occuper de la pierre orange.
Cette pierre est le symbole de la force.

Classe ces nombres dans l'ordre croissant, Razzia obtiendra ainsi la pierre orange.

4 928 – 1 069 – 5 422 – 4 537 – 5 901 –
5 910 – 9 273 – 4 246 – 4 266 – 5 420

……………… < ……………… < ……………… < ……………… <
……………… < ……………… < ……………… < ……………… <
……………… < ………………

La pierre rouge

ÉNIGME 7

Gryf doit mettre la main sur la pierre rouge.
Cette pierre est le symbole du courage.

Si Gryf parvient à mettre les noms au pluriel et à les placer dans la grille, il obtiendra la pierre rouge.

1. CORAIL -> CORAUX
2. SOURICEAU -> ....
3. TRAVAIL -> ....
4. DÉTAIL -> ....
5. RAIL -> ....
6. CARNAVAL -> ....
7. RÂTEAU -> ....
8. FLEUR -> ....
9. ARBRE -> ....
10. GENOU -> ....

La pierre verte

ÉNIGME 7

Jadina a pour mission de trouver la pierre verte.
Cette pierre est le symbole de l'intelligence.

Colorie toutes les cases contenant un verbe du 1er groupe. Jadina obtiendra la pierre verte.

PARLER	DANSER
ÉTEINDRE	BALANCER
DORMIR	VOIR
APPARAÎTRE	SOIGNER
PESER	ÊTRE
POUVOIR	FAIRE
ÉCRIRE	PRENDRE
LIRE	VENIR
RANGER	LANCER
VOIR	VOULOIR
CALCULER	GELER
JOUER	MISER
COURIR	

La pierre bleu foncé

ÉNIGME 7

Shimy n'a plus qu'à trouver la pierre bleu foncé.
Cette pierre est le symbole de la pureté.

Si Shimy parvient à compléter toutes les cases, elle obtiendra la pierre bleu foncé.

Les cinq pierres

ÉNIGME 7

Les Légendaires ont réuni les cinq pierres. Ils doivent à présent les disposer dans le coffre magique.

Colorie de la bonne couleur chaque pierre en fonction de son pouvoir.

HONNEUR PURETÉ

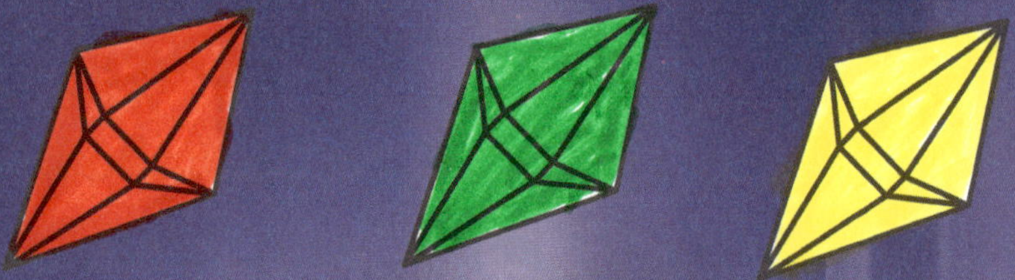

COURAGE INTELLIGENCE FORCE

Merci pour ton aide incroyable
dans ces aventures fantastiques !

SOLUTIONS

ÉNIGME 1

Le labyrinthe P. 9

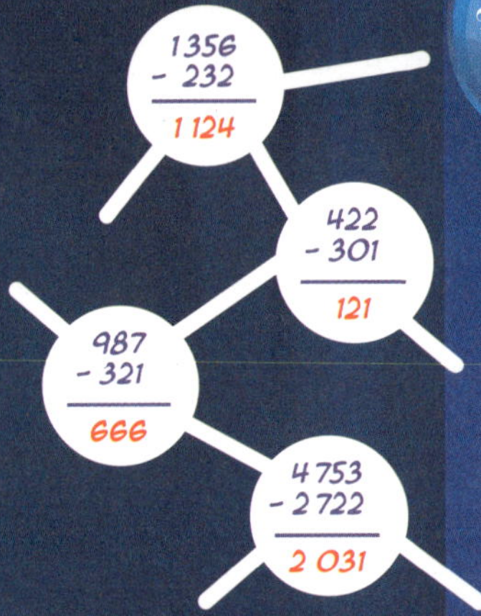

Écris le premier résultat en lettres.
Indice 1 : mille-cent-vingt-quatre.

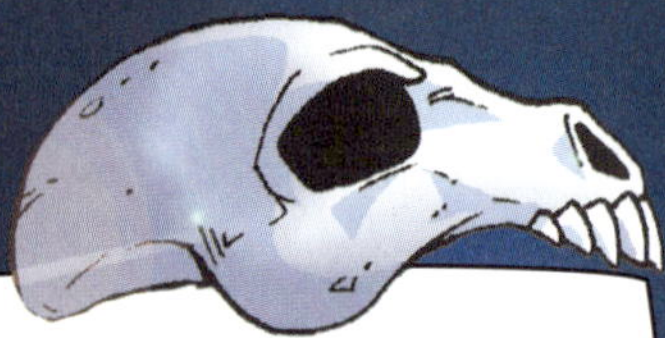

IMAGINE QUE MON ANIMAL DE COMPAGNIE PÈSE 50 KG. S'IL PERD LA MOITIÉ DE SON POIDS, COMBIEN PÈSE-T-IL ?

25 kg.

IMAGINE MAINTENANT QU'UN PETIT DARKHELLION PÈSE 130 KG ET QUE SON PÈRE PÈSE LE DOUBLE. COMBIEN PÈSE LE PAPA DARKHELLION ?

260 kg.

Les énigmes P. 10

Complète avec le mot manquant.
Indice 2 : 1 000 grammes = 1 kilogramme.

Les invariables P. 11

~~BIEN~~	~~TOUJOURS~~
~~COMMENT~~	~~DÉJÀ~~
~~DEMAIN~~	~~VRAIMENT~~
~~JAMAIS~~	~~SOUDAIN~~
~~DESSOUS~~	~~MAL~~

~~PARFOIS~~	~~DEHORS~~	~~DESSUS~~
~~DEVANT~~	CAVE	~~SOUVENT~~
~~AUJOURD'HUI~~	~~OUI~~	~~ENSUITE~~
~~DEPUIS~~	~~COMBIEN~~	~~NON~~
~~PLUSIEURS~~	~~VITE~~	~~HIER~~

Où Danaël doit-il se rendre ?
Indice 3 : cave.

ÉNIGME 1

Le message P. 12

CHER CHEVALIER DE LARBOS,
TU AS RÉUSSI À RETROUVER TON
ÉPÉE MAGIQUE ! JE TE FÉLICITE,
MAIS TU VAS DEVOIR TROUVER
UN MOYEN D'OUVRIR CETTE
BOÎTE. JE TE DONNE UN INDICE :
SI TON CŒUR EST TRÈS PUR,
SI TU PENSES À L'ÊTRE AIMÉ,
SI TU PARVIENS À ÊTRE BIEN
CONCENTRÉ, ALORS LA BOÎTE
S'OUVRIRA ET TON BIEN PRÉCIEUX
SERA DE NOUVEAU À TOI.
BIEN JOUÉ !

Combien d'accents as-tu ajoutés ? Écris ce nombre en lettres.
Indice 4 : onze.

Le bon ordre P. 13

Quel est le mot-mystère ?
Indice 5 : mâle.

La personne-mystère P. 14

Indice 1
11E LETTRE DE L'INDICE
I

Indice 2
1RE LETTRE DE L'INDICE
K

Indice 3
2E LETTRE DE L'INDICE
A

Indice 4
DERNIÈRE LETTRE DE L'INDICE
E

Indice 5
3E LETTRE DE L'INDICE
L

LE COUPABLE EST :
IKAËL.

ÉNIGME 2

La dispute P. 17

PHRASES NÉGATIVES ⇄	PHRASES AFFIRMATIVES
JE N'AIME PAS UTILISER MES POUVOIRS.	J'AIME UTILISER MES POUVOIRS.
ON N'A PAS LE DROIT DE RÊVER.	ON A LE DROIT DE RÊVER.
TU NE GAGNES JAMAIS.	TU GAGNES TOUJOURS.
TU N'ES PAS LA PLUS FORTE.	TU ES LA PLUS FORTE.
TU NE M'AMUSES PAS AVEC TES IDÉES.	TU M'AMUSES AVEC TES IDÉES.

Combien y a-t-il de phrases négatives dans ce tableau ?
Indice 1 : 5.

Les monstres P. 18

14 279
1 330
8 908
2 309
11 230
13 270
13 288
16 237
202 891
15 270
13 239

Quel numéro porte le monstre qui va laisser passer Jadina ?
Indice 2 : 13 270.

Les formes P. 19

Combien comptes-tu de triangles rectangles ?
Indice 3 : 3.

ÉNIGME 2

La copie P. 20

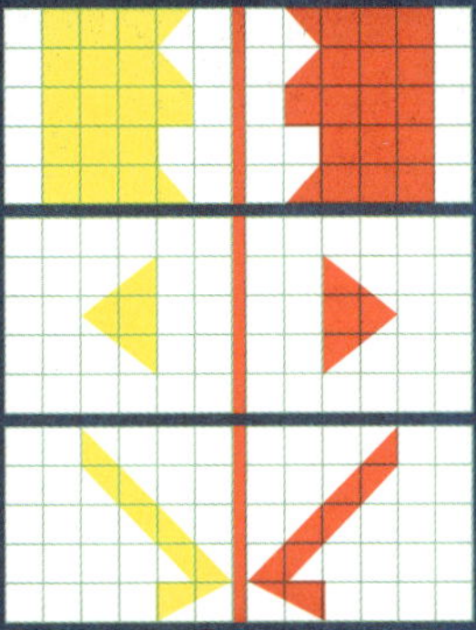

Comment s'appelle la ligne rouge qui sépare les figures ?
Indice 4 :
l'axe de symétrie.

- ~~ARRÊTE-TOI ICI !~~
- TU N'IRAS NULLE PART.
- ~~TU AS ÉCHOUÉ DANS TA MISSION.~~
- NOUS DÉVOILERONS NOTRE SECRET UNE PROCHAINE FOIS.
- ~~TOUT EST BIEN QUI FINIT BIEN.~~
- VOUS VERREZ LA FIN BIENTÔT.
- ~~TU FAIS APPARAÎTRE TON ÉCLAIR MAGIQUE.~~
- ~~JE SUIS DÉRÉGLÉ.~~
- TU NE ME DÉTRUIRAS PAS !
- ~~TU AS VOULU ME DÉSACTIVER !~~

Le bon temps P. 21

Combien comptes-tu de phrases au futur ?
Indice 5 : 4.

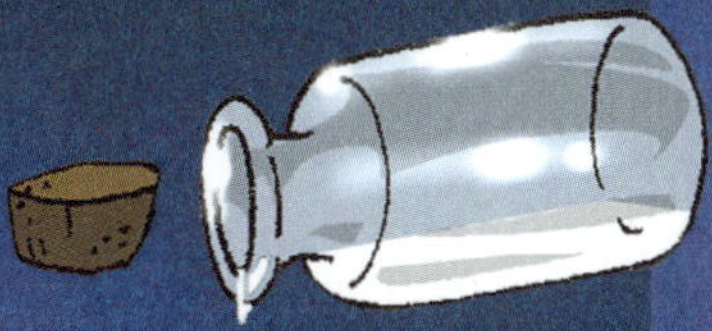

Le code de désactivation P. 22

Indice 1
L'INDICE
5

Indice 2
LE CHIFFRE DES DIZAINES DE L'INDICE
7

Indice 3
L'INDICE
3

Indice 4
QUAND TU RÉCITES L'ALPHABET, LA POSITION DE LA 1RE LETTRE DE L'INDICE
1

Indice 5
LA MOITIÉ DE L'INDICE
2

LE CODE DE DÉSACTIVATION EST : 57 312.

ÉNIGME 3

La lettre P. 25

PETIT GRYF, DEPUIS LE DÉBUT, LES DIEUX VEULENT TESTER TES CAPACITÉS. SI TU VEUX RÉCUPÉRER TON TALISMAN PROTECTEUR POUR TOUJOURS, TU DOIS TE RENDRE PAR TES PROPRES MOYENS AU CHÂTEAU DU GARDIEN, L'ÊTRE DIVIN QUI VEILLE SUR LES PIERRES DES DIEUX. LÀ-BAS, À KLASHINGA, IL TE DIRA QUOI FAIRE ET COMMENT SORTIR DE CET ENFER ! EN CHEMIN, TU RENCONTRERAS DES OBSTACLES QUE TU DEVRAS SURMONTER AVEC BRIO ! AVANCE RAPIDEMENT AVANT LA NUIT. BON COURAGE.

Combien comptes-tu de phrases dans cette lettre ?
Indice 1 : 6.

Le bon bagage P. 26

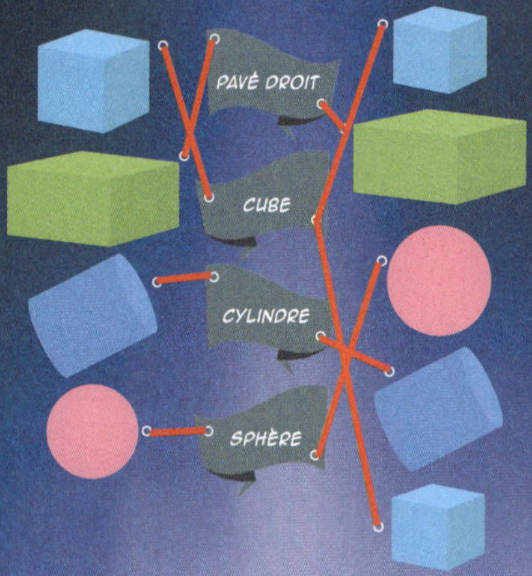

Combien de cubes comptes-tu ?
Indice 2 : 3.

Le souterrain P. 27

Quelle galerie doit emprunter Gryf ?
Indice 3 : 4.

1 : 200 m
2 : 89 m
3 : 63 m
4 : 233 m
5 : 69 m
6 : 126 m

L'intrus P. 28

Combien y a-t-il de familles de mots ?
Indice 4 : **5.**

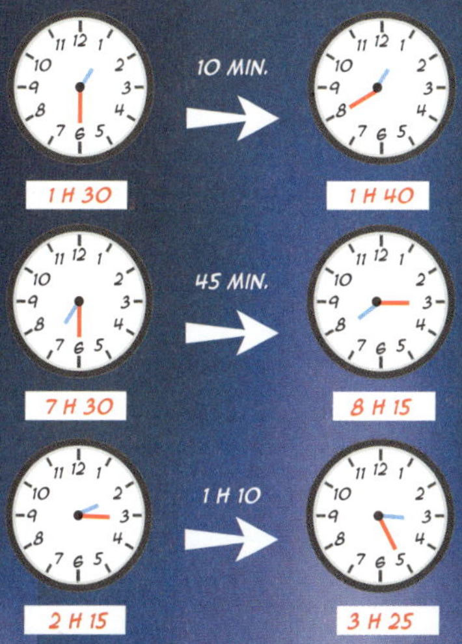

Le Gardien P. 29

S'il est 8 h 15 du soir, comment l'écrit-on ?
Indice 5 : 20 h 15.

Le code secret P. 30

Indice 1	Indice 4
LA MOITIÉ DE L'INDICE	L'INDICE MOINS DEUX
3	3

Indice 2	Indice 5
LE TRIPLE DE L'INDICE	LE 1ER CHIFFRE DE L'INDICE
9	2

Indice 3
LE DOUBLE DE L'INDICE
8

LE CODE DE RÉACTIVATION EST :
39 832.

Le bon mot
P. 33

C'est Aube qui peut aider Shimy.
Quel est le mot caché ?
Indice 1 : laid.

E	R	T	I	O	U	V
Synonyme d'automobile						
V	O	I	T	U	R	E

D	A	L	I
Synonyme de moche			
L	A	I	D

T	O	N	T	E	N	C
Synonyme d'heureux						
C	O	N	T	E	N	T

M	A	R	I	E
Synonyme d'adorer				
A	I	M	E	R

Le mot caché
P. 34

Quel mot apparaît dans les cases jaunes ?
C'est l'endroit où doit se rendre Shimy.
Indice 2 : Astria.

1 COMMANDE
2 PRÉCISERA
3 VEUT
4 SORTIONS
5 TENTAIS
6 PARTENT
7 INJECTAIT
8 SORT
9 PARVIENDRONS

Tic-tac
P. 35

Si A = 1, B = 2, etc., à quelle lettre correspond le nombre en jaune ?
Indice 3 : O.

ASTRIA	ALYSIA
8 H 12	20 H 12
7 H 39	19 H 39
22 H 28	10 H 28
17 H 52	5 H 52
1 H 22	13 H 22
3 H 16	15 H 16
11 H 12	23 H 12

ÉNIGME 4

La recette P. 36

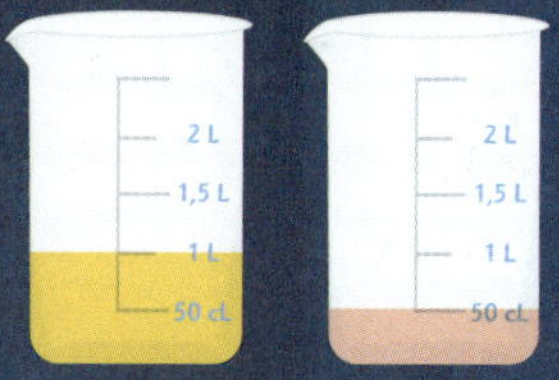

Poussières d'étoile — Cœur liquide

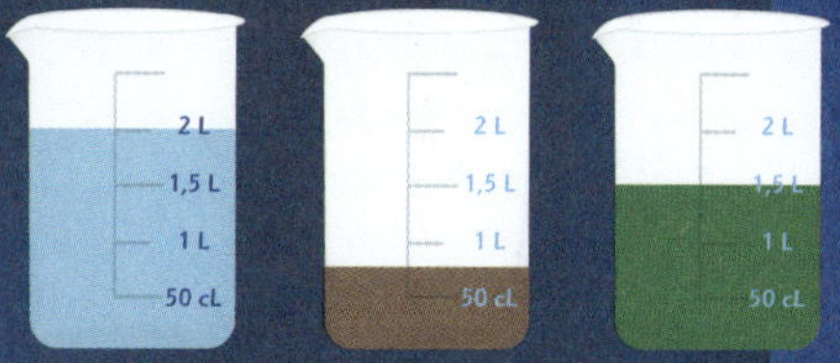

Eau pure — Jus d'escargots — Piments liquides

Quel ingrédient Shimy a-t-elle le plus utilisé ?
Indice 4 : l'eau pure.

Les balances P. 37

500 + 500 + 100 + 100 = 1 200 G = 2 ANANAS, DONC 1 ANANAS = 600 G.
1 ANANAS = 6 GÂTEAUX = 600 G, DONC 1 GÂTEAU = 600 G : 6 = 100
UN GÂTEAU AUX PISTACHES PÈSE 100 G.

 = 100 G

Complète avec le mot manquant.
Indice 5 : 1 tonne = 1 000 kilogrammes.

Le mot magique P. 38

Indice 1
2E LETTRE DE L'INDICE
A

Indice 2
QUAND TU RÉCITES L'ALPHABET, 4 LETTRES APRÈS LA 5E LETTRE DE L'INDICE
M

Indice 3
L'INDICE
O

Indice 4
LA 3E LETTRE DE L'INDICE
U

Indice 5
LA 6E LETTRE DE L'INDICE
R

LE MOT MAGIQUE EST : AMOUR.

ÉNIGME 5

QUAND LE MONDE EST MIS À MAL,
JE TE DIS QUOI FAIRE.
TU DOIS TE DIRIGER VERS
LE DÔME. EN CHEMIN, TU RENCONTRES DES
OBSTACLES, MAIS TU SAIS FAIRE
PREUVE DE COURAGE. TU PEUX
T'AIDER DE TON SABRE,
TU L'UTILISES À MERVEILLE.
CETTE HISTOIRE SE TERMINE BIEN.
TU ADMINISTRES LA POTION ET LE
MONDE RECOMMENCE À TOURNER !

Le présent P. 41

Quel est le mot-mystère ?
Indice 1 : dôme.

Les chemins P. 42

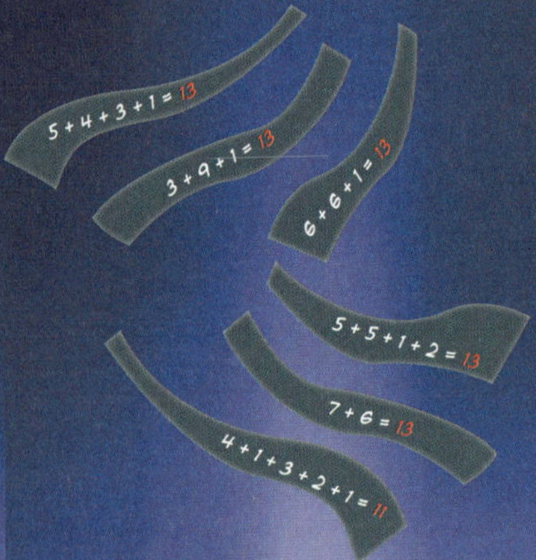

Écris en lettres le nombre intrus que tu as trouvé.
Indice 2 : onze.

Message codé P. 43

Complète avec le mot manquant.
Indice 3 : l'alphabet est constitué de voyelles et de consonnes.

Les multiplications

P. 44

Additionne les chiffres du résultat le plus grand. Écris ce résultat en lettres.
Indice 4 : douze.

TU DÉTACHER LES PÉTALES.

TU BROYER LA FLEUR.

TU VERSER UNE GOUTTE DANS DE L'EAU PURE.

TU CROISER LES DOIGTS.

VOUS RESPIRER TROIS GRANDS COUPS.

ELLE FINIR TOUT.

VOUS CRIER ET RECOMMENCER SI BESOIN.

SI VOUS AVOIR DE LA CHANCE, NORMALEMENT, ELLE ÊTRE SAUVÉE !

L'infinitif

P. 45

Comment appelle-t-on les verbes être et avoir lorsqu'ils servent à former des temps composés ?
Indice 5 : des auxiliaires.

Le mot magique

P. 46

Indice 1
3E LETTRE DE L'INDICE
M

Indice 2
1RE LETTRE DE L'INDICE
O

Indice 3
3E LETTRE DE L'INDICE
N

Indice 4
1RE LETTRE DE L'INDICE
D

Indice 5
10E LETTRE DE L'INDICE
E

LE MOT MAGIQUE EST :
MONDE.

Le bon accord P. 49

UN PULL VERT -> UNE COMBINAISON VERTE

UN HAUT VIOLET -> UNE CAPE VIOLETTE

DES GANTS BLEUS -> DES CHEMISES BLEUES

UN LONG CORPS -> UNE LONGUE CHEVELURE

DES TALONS HAUTS -> DES BOTTES HAUTES

DES PETITS PIEDS -> DES PETITES OREILLES

UN ŒIL PÉTILLANT -> UNE BOUCHE PÉTILLANTE

Comment appelle-t-on l'association déterminant-nom-adjectif ?
Indice 1 : un groupe nominal.

Le message P. 50

QUE VIENS-TU CHERCHER ? DÉPÊCHE-TOI DE TROUVER AVANT QUE QUELQU'UN D'AUTRE NE TE DÉPASSE ! POURQUOI VEUX-TU CET ŒIL ? JE SAIS QU'IL T'INTÉRESSE BEAUCOUP. TU N'ES PAS LA SEULE À LE VOULOIR, MAIS JE VEUX T'AIDER. ALORS SI TU OUVRES L'ŒIL, DIRIGE-LE PLUTÔT VERS LE HAUT. ASSEZ ! JE TE LAISSE À PRÉSENT. BONNE RECHERCHE.

Combien de points d'interrogation as-tu ajoutés ?
Indice 2 : 2.

Le mur P. 51

Ténébris va donc choisir le mur 1.
Quel est le périmètre du plus petit mur ?
Indice 3 : 18.

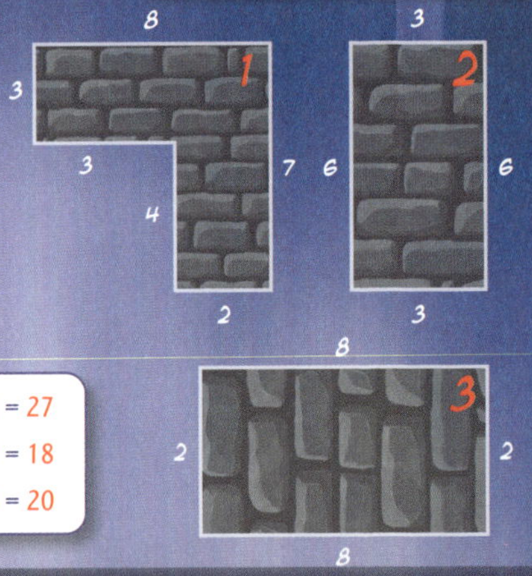

1 = 27
2 = 18
3 = 20

ÉNIGME 6

Le tunnel

P. 52

1er tunnel	2e tunnel	3e tunnel
JE	**VOUS**	**ILS**
marche	parliez	ont vu
comprends	chanterez	~~apprendrent~~
cours	dites	iront
~~parlait~~	êtes	jouaient
tracerai	avez dit	lancent

Ténébris va donc emprunter le tunnel 2. À quel temps est cette phrase : « Ils ont vu. » ? Indice 4 : au passé composé.

Face à l'ennemi

P. 53

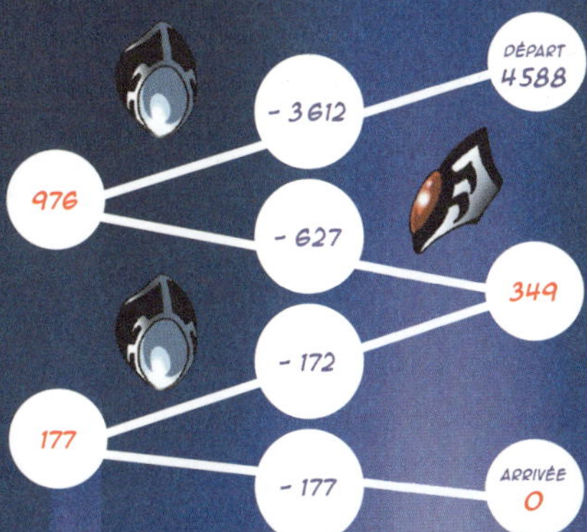

Combien reste-t-il d'énergie à l'ennemi à la fin ? Indice 5 : 0.

Le code

P. 54

Indice 1
QUAND TU RÉCITES L'ALPHABET, LA POSITION DE LA 4E LETTRE DU 2E MOT DE L'INDICE
9

Indice 2
LE DOUBLE DE L'INDICE
4

Indice 3
LE 2E CHIFFRE DE L'INDICE
8

Indice 4
QUAND TU RÉCITES L'ALPHABET, LA POSITION DE LA 2E LETTRE DE L'INDICE
1

Indice 5
L'INDICE
0

LE CODE POUR ENFERMER L'ŒIL DU DRAGON EST : 94 810.

La pierre bleue
P. 57

77

43 | 34

21 | 22 | 12

8 | 13 | 9 | 3

2 | 6 | 7 | 2 | 1

La pierre orange
P. 58

4 928 – 1 069 – 5 422 – 4 537 – 5 901 – 5 910 – 9 273 – 4 246 – 4 266 – 5 420

1 069 < 4 246 < 4 266 < 4 537 < 4 928 < 5 420 < 5 422 < 5 901 < 5 910 < 9 273

La pierre rouge
P. 59

1. CORAIL => CORAUX
2. SOURICEAU => SOURICEAUX
3. TRAVAIL => TRAVAUX
4. DÉTAIL => DÉTAILS
5. RAIL => RAILS
6. CARNAVAL => CARNAVALS
7. RÂTEAU => RÂTEAUX
8. FLEUR => FLEURS
9. ARBRE => ARBRES
10. GENOU => GENOUX

La pierre verte P. 60

PARLER	DANSER
ÉTEINDRE	BALANCER
DORMIR	VOIR
APPARAÎTRE	SOIGNER
PESER	ÊTRE
POUVOIR	FAIRE
ÉCRIRE	PRENDRE
LIRE	VENIR
RANGER	LANCER
VOIR	VOULOIR
CALCULER	GELER
JOUER	MISER
COURIR	

La pierre bleu foncé P. 60

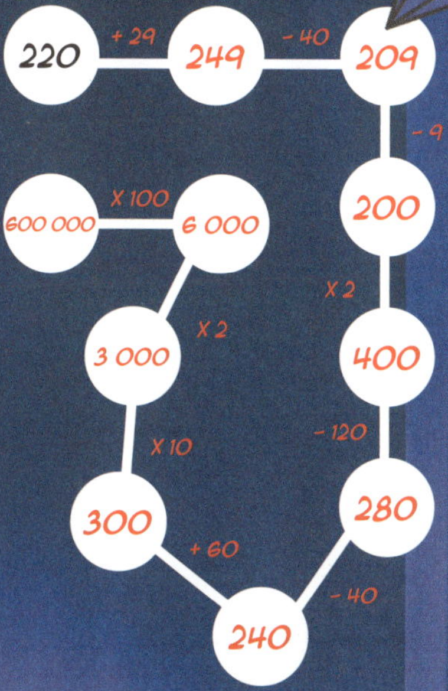

Les cinq pierres P. 62

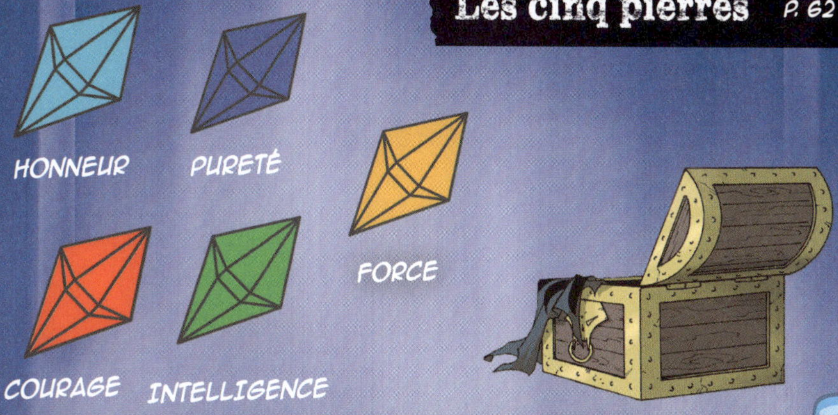

FÉLICITATIONS !
TU AS UTILISÉ TES CONNAISSANCES ET TU T'ES CREUSÉ LES MÉNINGES POUR MENER À BIEN LES SEPT ÉNIGMES, EN RÉCOLTANT TOUS LES INDICES. LES LÉGENDAIRES TE REMERCIENT CHALEUREUSEMENT DE TON AIDE ! CES AVENTURES ONT PROUVÉ TA VALEUR. TU ES DIGNE DE DEVENIR, À TON TOUR, UN(E) LÉGENDAIRE !

Imprimé en Espagne par EGEDSA.

Dépôt légal : février 2021 - 327640/01

N° de projet : 11046078 - avril 2021

PAPIER À BASE DE FIBRES CERTIFIÉES

LAROUSSE s'engage pour l'environnement en réduisant l'empreinte carbone de ses livres. Celle de cet exemplaire est de : 700 g éq. CO_2 Rendez-vous sur www.larousse-durable.fr